Louise-Michelle Sauriol

Mission Chouette

TOME 2 de la série
Les explorateurs du lac Mammouth

Illustrations
Anouk Lacasse

Collection Oiseau-mouche

Éditions du Phœnix

Dépôt légal, 2015
Imprimé au Canada

Illustrations : Anouk Lacasse
Graphisme de la couverture : Hélène Meunier
Graphisme de l'intérieur : Hélène Meunier
Révision linguistique : Hélène Bard

Éditions du Phœnix

206, rue Laurier
L'île Bizard (Montréal)
(Québec) Canada H9C 2W9
Tél.: (514) 696-7381 Téléc.: (514) 696-7685
www.editionsduphœnix.com

Catalogage avant publication de Bibliothèque et Archives nationales du Québec et Bibliothèque et Archives Canada

Sauriol, Louise-Michelle

Mission chouette

(Collection Oiseau-mouche)
(Série Les explorateurs du lac Mammouth ; 2)
Pour enfants de 6 ans et plus.

ISBN 978-2-924253-33-5

I. Lacasse, Anouk, 1977- . II. Titre. III. Collection : Collection Oiseau-mouche.

PS8587.A386M57 2015 jC843'.54 C2014-942582-1
PS9587.A386M57 2015

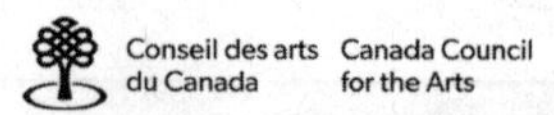

Nous remercions la SODEC de l'aide accordée à notre programme de publication. Nous reconnaissons l'aide financière du gouvernement du Canada par l'entremise du Fonds du livre du Canada pour nos activités d'édition à notre programme de publication.

Nous remercions le Conseil des arts du Canada de son soutien. L'an dernier, le Conseil a investi 154 millions de dollars pour mettre de l'art dans la vie des Canadiennes et des Canadiens de tout le pays.

We acknowledge the support of the Canada Council for the Arts, which last year invested $154 million to bring the arts to Canadians throughout the country.

Louise-Michelle Sauriol

2. Mission Chouette

Éditions du Phœnix

De la même auteure chez Phœnix :

Les fiancés de Gdansk
coll. Ado, 2012.

Le trophée orange
coll. Oiseau-Mouche, 2014.

1

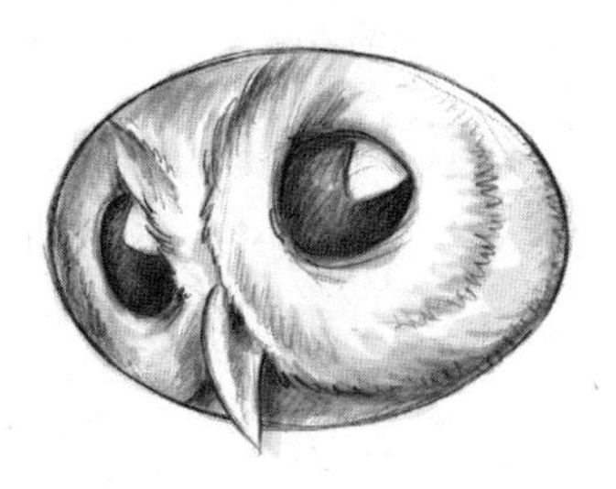

Le cauchemar de Timéo

J'ai entendu un drôle de cri. Je me dresse comme un robot. Aie ! Un oiseau énorme est planté devant moi. Je le reconnais : c'est la chouette rayée du refuge, elle est quatre fois plus grosse que la normale ! Elle me fixe. Je ne bouge pas. Une seconde après, elle me saisit avec ses pattes et s'envole avec moi par la fenêtre grande ouverte. Malheur ! Me voilà prisonnier d'un oiseau de proie. Il m'emporte dans la forêt. Je m'agrippe à ses plumes, effrayé. Tout est sombre et j'entrevois de gros troncs d'arbres. Un silence de mort règne. Brrr !...

La chouette vole longtemps. Soudain, elle tourne vers le lac et se met à descendre. J'ai froid et je grelotte. L'eau m'attire. Horreur ! Je tombe ! À moi !

Le front glacé, je me retrouve sur le plancher, à côté d'un lit inconnu ! Je tremble encore et me frotte le dos. Où suis-je ? Ah ! Oui ! Chez oncle Pilou, dans son chalet au bord du lac Mammouth. Ouf ! C'était juste un mauvais rêve. Je distingue à présent ma petite sœur Léa. Elle dort comme une marmotte, un peu plus loin.

Dans un éclair, je revois la journée d'hier : l'arrivée au camp, la découverte des animaux. La chouette rayée m'a drôlement impressionné.

Et voilà qu'elle m'a propulsé dans un cauchemar affreux !

Pourtant, ce premier jour au lac s'est bien terminé. Notre oncle Pilou m'a emmené à la pêche avec Gil, et nous avons eu de la chance. J'ai pêché un magnifique poisson : un crapet-soleil. Cette prise m'a valu un trophée original : une casquette orange ! Ensuite, nous avons dégusté un festin de poissons grillés et de framboises.

La soirée a pris fin autour d'un feu de camp. Après, nous sommes montés dans le grenier avec nos cousins. Des lits de camp étaient dressés. Il ne restait qu'à étendre nos sacs de couchage. J'étais tellement heureux ! Et Léa aussi !

Notre oncle Pilou dort en bas. Avec sa jambe fragile, il évite les escalades. Mes cousins jumeaux Gil et Gilane l'aident de leur mieux durant le jour. La nuit, ils s'installent en haut, du côté du lac. Moi, je campe près de la fenêtre qui donne sur la forêt. La fameuse fenêtre par laquelle la chouette m'emmenait dans mon rêve.

J'ai encore sommeil. Le jour se lève à peine. Adieu, chouette fantastique, je retourne au lit.

2

L'alarme

Des voix, dans l'escalier, m'éveillent tout à coup.

— Timéo, Timéo ! crie ma petite sœur. J'ai de mauvaises nouvelles !

— Chouette a disparu du refuge ! ajoute Gilane.

— Quoi ?

Je n'en reviens pas. Aurais-je entendu un vrai cri dans la nuit ?

La chouette qui hululait? Je descends en trombe dans la cuisine pour éclaircir le mystère. Tous s'y trouvent déjà. J'ai dû dormir longtemps. Gil discute avec oncle Pilou. Celui-ci affirme :

— Il faut rattraper Chouette dès aujourd'hui. Elle est en danger. Ses ailes sont encore trop faibles. Elle peut se blesser ou tomber entre les pattes d'un prédateur.

— Un quoi ? demande Léa.

— Un animal qui peut la manger, explique Gilane.

— Un loup ?

— Non, cocotte, répond oncle Pilou. Les loups préfèrent les chevreuils. Chouette est surtout menacée par le grand duc, un autre hibou. C'est son plus féroce ennemi.

Atterré, je leur raconte mon cauchemar.

— Cette nuit, j'ai entendu un cri d'oiseau étrange. Puis, j'ai fait un rêve épouvantable. Chouette m'emmenait à travers la forêt. Ensuite, elle survolait le lac. Soudain, j'ai senti que je m'écrasais dans l'eau glacée. Peut-être que la chouette s'est noyée !

— Voyons, Tim, s'écrie Gil sur un ton moqueur. Chouette ne pourrait jamais te soulever ni survoler le lac !

— Oui, mais son cauchemar nous en apprend beaucoup, précise oncle Pilou. La chouette a sans doute crié sous la fenêtre de Timéo, située derrière le chalet.

Ce qui veut dire que Chouette est passée par là dans sa fuite. Je parie qu'elle s'est rendue au bois des Érables. C'est là que je l'ai trouvée, affaiblie, les ailes abîmées.

Je l'aime de tout mon cœur, ce drôle de capitaine à la barbe rousse. Grâce à lui, je ne me sens pas idiot. Je lui demande à quel moment ils ont découvert que Chouette était absente.

— Il y a une dizaine de minutes, répond Gilane. Léa voulait aller saluer Kiki la tortue. Je l'ai accompagnée pour lui faire plaisir. Une fois arrivée sous l'abri, j'ai aperçu la cage vide. La porte devait être mal fermée ou bien Chouette l'a secouée trop fort.

— As-tu cherché autour du refuge ? questionne Gil.

— J'ai examiné quelques arbres. La chouette n'y était pas. Je suis donc revenue vous prévenir avec Léa.

— À table, tout le monde ! lance oncle Pilou. Ne perdons pas de temps. J'ai déjà fait cuire les œufs et le bacon sur le poêle à bois. Il ne reste plus qu'à faire griller le pain. Nous établirons un plan pendant le repas.

Les tâches sont vite distribuées. Gilane, Gil et moi partirons à la recherche de Chouette. Oncle Pilou et Léa examineront les arbres du camp avec des jumelles.

— Ce n'est pas juste ! crie Léa. Je ne veux pas rester ici comme un bébé !

— Laisse-moi t'expliquer, ma grande, réplique notre oncle, très calme. La chouette adore les vieux arbres dont le tronc est creux. Le grand duc aussi. Si Chouette s'est cachée dans un arbre, le gros hibou va la trouver. Il faut se dépêcher de regarder ici pendant que les autres iront vérifier ailleurs.

Ma petite sœur a du caractère. Elle proteste encore.

— Je veux aller chercher loin. Avec les autres !

— D'accord, finit par dire notre oncle en souriant. Mais tu devras écouter Gilane à chaque instant. Compris ?

Il ajoute ensuite, pour nous tous :

— Je vous rappelle la règle d'or

en forêt : pru-den-ce. Méfiez-vous de tout ce qui bouge. Nous resterons en contact par walkie-talkie. Vous connaissez cet appareil, les enfants ?

— J'en ai reçu un à Noël, répond fièrement Léa. C'est une sorte de radio pour parler et écouter.

— Excellent, fait oncle Pilou sur un ton approbateur. C'est un émetteur-récepteur radio. Mon walkie-talkie permet de communiquer à plus de douze kilomètres, même en forêt. Maintenant, allez vous préparer ! Moi, je commence déjà mon travail. C'est urgent.

Nous montons au grenier comme des fusées. Le cri entendu dans la nuit résonne encore à mes oreilles. Qu'est devenue Chouette, la mystérieuse disparue ?

3

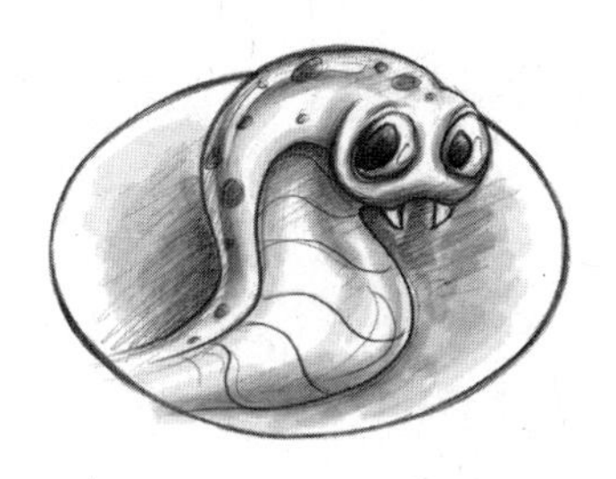

Le minimonstre

Nous voilà prêts, habillés en chasseurs de brousse. Je voulais mettre ma casquette orange pour l'expédition, mais notre oncle Pilou nous a munis de casques à filet contre les moustiques. Je proteste en sortant :

— Chouette aurait dû s'évader ailleurs. Je n'aurais pas besoin de me déguiser.

— J'adore les déguisements, susurre Léa.

— Tu me contredis tout le temps !

— Léa et Tim, pas de dispute, lâche Gil. Nous devons rester unis et attentifs. Comme une vraie équipe d'explorateurs.

— Les explorateurs du lac Mammouth !

— Bravo, Timéo ! dit Gilane. Tu as trouvé le nom parfait. La mission « Chouette » commence. Direction : le bois des Érables. Avant le départ, je vais saluer mon oncle Pilou par radio.

— Allô ! Ici les explorateurs du lac Mammouth. Partons dans une minute. À toi !

— Suis devant les bouleaux près de l'abri, répond notre oncle. Frédé le renard me surveille. Zorro le corbeau tourbillonne sans arrêt. Notre grand corbeau doit sentir qu'il y a urgence, lui aussi. Rien d'autre. Bonne route ! Terminé.

Un miaulement rauque s'élève derrière nous. Je reconnais le cri du petit lynx, dissimulé sous le chalet. Est-il inquiet, lui aussi ? Je me dirige vers lui en courant avec Gil.

— Je reviendrai jouer avec toi plus tard, Chlinx, lui dit mon cousin pour le consoler. Sois sage !

— Avancez, les gars ! fait Gilane sur un ton suppliant. Le temps presse.

Nous prenons un sentier tortueux dans le bois. Ma cousine

mène la marche d'un pied ferme. Léa la suit bravement. Je viens ensuite, talonné par Gil, qui s'est muni d'une cage.

Des nuées de mouches noires viennent nous attaquer. Nos casques à filet sont utiles en fin de compte.

Après une montée longue et ardue, nous arrivons enfin à une descente. En bas de la côte, des fleurs blanches s'étalent sur un plan d'eau.

— Regardez les nénuphars, dit Gilane. C'est… Léa ! Qu'est-ce que tu fais là ?

Ma petite sœur glisse sur la côte humide, assise sur son derrière ! Dix secondes plus tard, elle crie :

— J’ai les pieds pleins de boue !

— Étourdie ! grogne Gilane. Tu t’es presque lancée dans l’étang ! Qu’est-ce qui bouge à côté de toi ? Pas la tortue, j’espère…

— Je l’aime trop ! Au refuge, je l’ai mise dans ma poche, avoue Léa, piteuse. Au secours, elle s’en va !

Je dévale la pente en catastrophe. J'arrive juste à temps pour repêcher la tortue dans l'eau. Je la dépose sur les genoux de ma sœur.

— Tiens, ta Kiki d'amour.

— Merci, Tim. Tu es super !

— Tâche de t'en rappeler. Oh ! Un gros ver s'est accroché à mon bras. Il me pique ! Ayoye !

— C'est une sangsue ! m'apprend Gil. Ne crains rien ! J'ai du sel dans ma poche. Ces bêtes collantes détestent se faire saler.

Avec horreur, je regarde la sangsue accrochée à ma peau. Elle me rappelle la bestiole verte, aperçue dans l'eau hier. L'autre avait des pattes, mais toutes deux sont repoussantes. Yark ! Dès que Gil inonde la sangsue de sel, celle-ci se détache de mon bras. Flac ! Elle tombe dans les eaux boueuses de l'étang.

— Tu es blanc comme un fantôme, Tim, s'exclame Léa. Es-tu malade ?

— Bois de l'eau fraîche, me suggère Gilane, un gobelet à la main. Pendant ce temps, je vais appliquer une crème soignante sur ta piqûre. Il n'y aura aucune trace sur ta peau. Promis !

J'avale le liquide d'une traite. Je me sens mieux, mais je leur fais remarquer :

— C'était quand même un minivampire !

— Tu dois avoir bon goût, réplique Gil pour me taquiner. En

général, les sangsues détestent le sang humain. Elles préfèrent celui des grenouilles. Bon, allons-nous-en ! Il n'y a aucune trace de Chouette autour de l'étang.

— Attends une minute, dit Gilane. Je dois mettre Kiki en sécurité. Donne-moi ta tortue, Léa. J'ai un pot à échantillons percé de trous. Elle pourra respirer et ne fera plus de bêtises.

Penaude, ma petite sœur lui remet son animal chéri. Enfin, nous allons quitter ce nid à insectes et à sangsues. Gil nous donne des framboises, et nous voilà repartis !

4

L'appel de Chouette

Après deux minutes de marche, un bip-bib retentit dans le walkie-talkie de Gilane.

— Allô, j'ai du nouveau, annonce oncle Pilou. Hibou dangereux repéré au creux d'un chêne. Pas de plumes de Chouette autour. Grand duc ne l'a pas mangée. Elle doit être allée plus loin. À toi !

— Bonne nouvelle ! Venons de partir de l'étang. Le bois des Érables est en vue. Je te tiens au courant de notre chasse à la chouette. Terminé !

Il fait de plus en plus chaud. L'eau nous coule sur le front et les insectes nous attaquent encore : mouches, moustiques, guêpes et tout le tralala.

— Courage, les explorateurs ! lance Gilane. Nous finirons bien par retrouver notre Chouette. Allez ! La vieille forêt est proche.

Une autre pente nous fait face. Nous l'escaladons avec énergie. En haut, des arbres costauds agitent leurs branches : c'est le bois des Érables ! Je demande à Gil :

— Êtes-vous venus ici souvent ? La forêt paraît mystérieuse.

— C'est la première fois, Tim, mais j'ai ma boussole. Impossible de se perdre.

— Nous aurons moins chaud dans le bois, ajoute Gilane. Les érables font beaucoup d'ombre.

Soudain, j'entends un faible cri : « Wou-ah-wou ! » Je m'écrie :

— Chouette nous appelle !

— En es-tu certain ? demande Gil.

— Je reconnais son cri. C'est le même que j'ai entendu la nuit dernière.

— Vas-y, Timéo, fait Gilane. Nous te suivons.

Je me dirige vers l'endroit d'où proviennent les sons. C'était une sorte de plainte. La chouette a peut-être abîmé ses ailes. Elle doit souffrir. Je me dépêche d'avancer.

— La piste semble nous ramener au bord du lac, remarque Gil.

— Pourquoi le lac s'appelle-t-il « Mammouth » ?

— À cause de son histoire, Tim. Un lac existait ici, il y a des millions d'années. Notre oncle nous a dit qu'une mer chaude se trouvait aussi dans les environs. C'était avant l'apparition des humains, mais des poissons vivaient déjà dans l'eau.

Je m'arrête net, intrigué.

— De vrais poissons ?

— Au début, ils n'avaient même pas d'os. Ils étaient mous et sans nageoires. Puis, des arêtes ont poussé sur leur dos et des nageoires se sont développées sur leur corps. Notre oncle Pilou possède une collection incluant quelques-uns des premiers poissons de la Terre.

— Ils sont vivants ? demande Léa, inquiète.

— Mais, non ! répond Gilane pour la rassurer. Il s'agit de leurs formes moulées dans la pierre. Ces moulages s'appellent des fossiles, Léa. Les poissons préhistoriques ont presque tous disparu. Il nous reste seulement leurs traces. Tu comprends ?

— Ah ! Oui ! Comme les dinosaures. Il n'y en a plus.

— Voilà, ma belle ! Aucun n'a survécu, ne vous inquiétez pas !

— Allez, les curieux, lâche Gil qui s'impatiente. J'entends clairement notre Chouette à présent. Je tiens à l'enfermer au plus tôt dans la cage.

Mon cousin prend la tête de l'expédition. Moi, je traîne derrière. Cette affaire de fossiles a piqué ma curiosité. Je demanderai à mon oncle Pilou de me montrer sa collection d'anciens poissons.

Oh ! La chouette se lamente encore. Je me dépêche de rejoindre les autres…

5

De la visite rare

La cachette de l'oiseau doit être proche. Pourtant, je ne vois rien. Léa s'assoit par terre.

— J'en ai assez ! gémit-elle. C'est trop long !

— J'ai une solution, propose Gil. Monte sur mon dos de chameau ! Je vais te porter.

Il confie la cage à sa jumelle et se penche. Ma petite sœur ne se fait pas prier pour grimper par dessus le sac à dos du garçon.

— Tiens-toi à mon cou, dit-il. Tu auras une vue épatante d'en haut !

Mon courageux cousin se relève en lui tenant les jambes. Léa paraît ravie et Gil continue son chemin. Quelques minutes après, la coquine annonce :

— Je vois le lac ! Puis-je aller me baigner ?

— Plus tard, peut-être, réplique Gilane. Nous pourrons y faire un pique-nique.

Extra ! Mon ventre gargouille et j'ai les jambes en compote.

Soudain, un hou ! hou ! perçant retentit non loin de nous.

— Par là ! s'écrie Gilane. Chouette doit être dans les arbres près du lac. Venez !

Diguidou ! J'oublie ma faim et ma fatigue. Je trotte derrière Gilane, qui ouvre maintenant la marche. Elle communique avec oncle Pilou.

— Allô ! Suivons une excellente piste. Chouette semble logée dans un érable le long du lac. À toi !

— Bravo, les explorateurs ! Faites attention. Donnez-moi des nouvelles ! Terminé.

Nous continuons et, plus loin, une plage se dessine. J'aperçois des cailloux et du sable. Soudain, Gil, resté en retrait, remarque :

— Des plumes sont tombées au pied du gros érable à côté de moi. Il semble y avoir un creux dans le tronc du côté de l'eau. Ce doit être l'ancien nid de Chouette. Revenez vite !

Gilane se précipite à la rencontre de son frère. Gil lui confie Léa et se dirige vers l'ouverture observée dans l'érable. Un faible cri monte de l'intérieur. Je m'élance à mon tour. Mon cousin m'arrête au passage.

— Stop, Timéo ! dit-il à voix basse. Le lac est profond ici. Laisse-moi faire ! Je vais mettre la cage près du creux de l'arbre. J'ai apporté de gros gants pour attraper Chouette. Si elle résiste, j'ai aussi un filet et de la corde.

Gilane retient aussi Léa, prête à me suivre. Je reste collé à l'arbre. En m'étirant le cou, j'aperçois un bec jaune. Un corps s'avance : c'est Chouette ! Ses yeux sont fixés sur le lac. L'oiseau paraît cloué de peur.

— Pousse-toi ! Je vais la capturer ! chuchote Gil.

Je recule pour laisser la place à mon cousin. En même temps, j'observe la surface de l'eau. Qu'est-ce que cet animal inconnu? Je lance à tout vent :

— Attention ! Il y a une bête affreuse dans le lac ! Regardez sa mâchoire !

— Ne parle pas si fort ! gronde mon cousin. Laisse-moi travailler.

— Tim a raison ! fait Gilane. Un gros poisson violet avec une carapace bizarre nage devant nous. Ah ! Il a replongé.

Sans s'occuper de nous, Gil saisit la chouette. Il la repousse dans la cage, qu'il referme d'un geste sec. Clac ! Chouette se débat dans sa prison, affolée. Gilane lui présente de la nourriture et tente de la calmer.

Pendant ce temps, Gil s'approche du lac.

— Je ne vois rien du tout. Vous inventez des histoires !

— Le monstre ! crie soudain Léa. Plus loin, là-bas !

Cette fois, nous avons tous le temps de voir un dos à plaques violettes et une mâchoire géante garnie de crocs.

— C'est un animal de la planète Mars !

— Non, Tim ! riposte mon cousin Gil. Cette espèce de poisson me fait penser à autre chose... J'appelle mon oncle Pilou !

6

Le marcheur poilu

J'écoute le message de Gil et je n'en crois pas mes oreilles.

— Mon oncle Pilou ! Urgence ! Avons fait une découverte sensationnelle : une bête qui ressemble à l'un de tes fossiles de poisson, mais en plus gros. À toi !

— Allô, allô ! Et la chouette ? Comment va-t-elle ? Impossible pour le reste. Décris-moi l'autre l'animal.

Mon cousin rassure son interlocuteur sur le sort de Chouette. Il lui dépeint ensuite notre étrange animal de façon détaillée. Notre oncle réagit avec émotion :

— Donnez-moi votre position. Je pars tout de suite en voiture à la station de recherche du lac. Ce n'est pas loin. Le poste est équipé d'un hydravion. Frank, un ami chercheur-pilote, me conduira jusqu'à vous. À toi !

Gil lui explique où nous sommes et promet de surveiller le lac.

— J'ai des jumelles. Je fais le guet. Ne t'inquiète pas ! Terminé.

Gilane s'affaire ensuite à organiser un pique-nique au pied de l'érable.

— Il faut refaire nos forces et consoler Chouette, dit-elle. Elle s'énerve et ses ailes sont amochées.

Des centaines de questions trottent dans ma tête. J'ai hâte que mon oncle Pilou arrive. Je dévore du pain, des noix et des fruits. Puis, je questionne Gilane :

— Où notre oncle a-t-il trouvé ses fossiles ?

— Sur la falaise, de l'autre côté du lac. Personne n'a jamais pensé qu'il restait un poisson préhistorique vivant ici. Imagine, un rescapé d'un temps révolu !

— Nous l'avons trouvé grâce à Chouette !

— Ne sautez pas trop vite aux conclusions, Gilane et Tim, prévient Gil. La bête a disparu. Peut-être qu'elle va revenir seulement dans un million d'années !

Je me lève et observe le lac, puis je scrute la plage, au loin. Ma peur s'est envolée. Je suis curieux.

Si le poisson affreux pouvait réapparaître ! Tiens, quelqu'un se tient debout sur le sable. Je demande à mes cousins :

— Des gens viennent se baigner ici ?

— Je ne pense pas, Timéo, répond Gilane. Cette partie du lac est déserte.

— Pourtant, il me semble qu'il y a une personne, là-bas.

— Je veux y aller moi aussi ! supplie Léa, remplie d'espoir.

— Un ours sur la plage ! lance soudain Gil. Il va pêcher dans le lac. C'est ton baigneur, Tim !

— Je préviens mon oncle Pilou ! s'écrie Gilane.

L'affaire se complique. Si l'ours mangeait notre mystérieux poisson ?

7

En plongée

Sitôt alerté, oncle Pilou répond qu'il s'apprête à monter dans l'hydravion de la station de recherche. Il ajoute :

— J'arriverai bientôt et j'essaierai de faire fuir l'ours. Avez-vous revu le poisson étrange ?

— Pas encore, répond Gilane. Gil ne quitte pas l'eau des yeux. À plus tard.

L'ours pénètre dans le lac à quatre pattes. Il nage avec vigueur dans notre direction.

— Ours en mouvement dans l'eau ! confirme Gil.

— Il va peut-être rencontrer la bête !

— J'espère que non, Tim, réplique mon cousin. La mâchoire du poisson pourrait réduire les pattes de l'ours en miettes. Ou pire. L'animal préhistorique doit absolument rester au fond.

Soudain, l'ours s'arrête et il émet un grognement terrible. Nous retenons notre souffle. Il continue à nager et il grogne toujours.

— Je ne veux pas d'ours ! déclare Léa, inquiète. Il fait peur à Kiki !

— Chut ! dit Gilane. Écoutez, un bruit de moteur. Oh ! l'hydravion arrive !

En effet, l'appareil descend et se prépare à amerrir. Hourra ! Tout à coup, une grosse carapace émerge de l'eau, non loin de l'ours. Ah ! non ! Les deux bêtes vont-elles se battre ?

Tout-à-coup, une forte musique retentit. Quelqu'un, à bord de l'hydravion, a lancé un drôle d'appel ! Pris de panique, l'ours fait demi-tour. Pfft ! Il sort de l'eau et s'enfuit dans la forêt !

L'hydravion s'est posé sur le lac, non loin de la plage. Quatre personnes en descendent. Deux d'entre elles sont en tenue de plongée. Oncle Pilou apparaît alors avec un instrument de musique à la main.

— Un cor de chasse ! s'exclame Gil. Toute une idée !

— Super tonton Pilou ! crie Léa en applaudissant.

Notre oncle dépose son instrument dans l'hydravion. Il se glisse ensuite dans l'eau en tenant un appareil photo à bout de bras. Mais la bête préhistorique a déjà disparu.

— Allons sur la plage ! propose Gilane. Suivez-moi, Léa et Timéo. Je prends la cage dans laquelle se trouve Chouette.

— Moi, je reste au poste, dit Gil.

Durant notre descente, les deux plongeurs rassemblent du matériel. Ensuite, ils s'éloignent à bord d'un bateau gonflable. Après avoir jeté l'ancre, ils plongent tous les deux dans le lac.

Quand nous mettons enfin les pieds sur le sable, les plongeurs ne sont pas remontés. Ont-ils disparu pour toujours ?

Soudain, un tourbillon d'eau apparaît à la surface de l'eau. Waouh ! Les plongeurs réapparaissent. Oh ! Ils ont emprisonné le poisson dans un filet.

— Voyez ! lance oncle Pilou. L'animal est endormi ! Ces ingénieux savants étaient munis de seringues.

Notre oncle prend quelques photos, puis il se dirige vers nous.

— Salut, mes explorateurs ! dit-il. Votre découverte est extraordinaire. Ce poisson ressemble aux placodermes.

— À quoi ?

— À des pla-co-dermes, Timéo. Ils ont été parmi les premiers poissons à posséder une mâchoire sur

Terre. Ils avaient aussi des plaques en os sur le corps. Difficile de croire qu'il s'en trouve encore un ici !

— Tu en doutes ? demande Gil, venu nous retrouver.

— Il faudra de nombreux tests pour le prouver. Des savants du poste de recherche de la région et d'ailleurs étudieront la bête. Un bateau viendra sous peu transporter l'animal. En attendant, mon ami Frank offre de me ramener au camp avec les plus pressés d'entre vous.

— Kiki et moi ! répond Léa, tenant le pot de Gilane contenant la tortue.

— Je vois que tu écoutes bien ta cousine ! s'exclame l'oncle

Pilou. Tu as kidnappé un reptile du refuge. Viens avec moi, cocotte. Chouette aussi doit rentrer immédiatement.

— Je m'occupe de la transporter, déclare Gilane. À tout à l'heure, les gars !

Je suis fier de revenir à pied avec mon cousin Gil. Rien ne presse à présent. Je pourrai peut-être assister à l'embarquement de notre poisson préhistorique. Quel mammouth de lac ! J'ai hâte de voir la collection de fossiles d'oncle Pilou…

À suivre dans :
La falaise aux mille secrets

Table des matières

Louise-Michelle Sauriol

Louise-Michelle Sauriol habite l'ouest de l'île de Montréal depuis plusieurs années et a publié une quarantaine de livres pour enfants et adolescents. Orthophoniste de formation, elle adore rencontrer les jeunes et échanger avec eux.

Passionnée d'histoire, de musique et d'art visuel, elle leur concocte des romans, des nouvelles, des contes, souvent à saveur culturelle. Elle a participé à plusieurs tournées à l'extérieur du Québec et adore voyager.

Anouk Lacasse

Fière de mes origines et passionnée du dessin depuis mes jeunes années, l'idée d'en faire une carrière se précise alors que je commence mon parcours avec un DEC en Arts Plastiques au Cégep de Trois-Rivières. Par la suite, j'ai suivi une formation de 3 ans au Conservatoire d'Art Dramatique de Québec au programme de Scénographie, ce qui m'a amenée à me perfectionner, à stimuler ma passion pour la conception de personnages de décors, en plus de me permettre d'approfondir ma compréhension du contexte dans lesquels ils évoluent. J'ai flâné pendant quelques années dans des ateliers de modèles vivants, et j'ai fait du portrait pendant 5 ans sur la rue Ste-Anne dans le Vieux-Québec. Depuis plusieurs années, je n'ai cessé de peaufiner ma technique, à nourrir mon imaginaire et à affiner ma pensée créatrice.

www.anouklacasse.ca

Achevé d'imprimer
en janvier deux mille quinze, sur les presses
de l'imprimerie Gauvin, Gatineau, Québec